AF347161

# SULTAN

## OU

## L'HISTOIRE D'UN CHIEN.

—

P. IN-18 5e SÉRIE.

LACOSTE AINÉ
FLOREUX

# SULTAN

OU

## L'HISTOIRE D'UN CHIEN

PAR

René de Mont-Louis.

LIMOGES,

**Eugène ARDANT et C. THIBAUT,**

ÉDITEURS.

# SULTAN.

C'est le soir : une lampe éclaire la chambre basse d'une ferme ; trois enfants jouent dans un coin et font un bruit assourdissant, tandis que leurs parents travaillent autour de la lampe. La vieille grand'mère file sa quenouille et fait activement tourner son rouet ; le fermier Aubry lit un livre de jardinage, et sa femme rapièce les vêtements déchirés de ses enfants.

Las de jouer et de se disputer, les trois enfants se rapprochèrent de la table, et le plus jeune, joli petit blondin de cinq ans, monta derrière la chaise de son père, et lui prenant la tête dans ses deux bras, lui mit les mains sur les yeux, en disant :

— Lis donc, père ; lis donc maintenant.

— Espiègle, laisse-moi tranquille, dit le fermier.

— Non, je veux que tu lises.

Et l'enfant riait de bon cœur. Enfin, attirant en arrière le front de son père, il y déposa un baiser et descendit.

Laurence, petite fille de neuf ans, s'était approchée de sa mère, en lui offrant gravement de l'aider dans ses travaux de ravaudage.

— Non, ma petite, dit la fermière ;

va jouer avec tes frères ; tu sais que le soir je ne te fais jamais travailler.

— Mais, reprit Laurence, Jean-Marie et Denis ne veulent plus jouer ; et puis ils me tourmentent toujours.

— Eh bien ! va vers grand'mère Aubry, elle te racontera quelque belle histoire comme elle en sait tant.

—Ah ! quelle bonne idée !... j'y cours.

Et Laurence s'approcha de la vieille femme, la câlina tant, lui fit tant de grâces et d'amitiés, que celle-ci, cédant à ces instances, lui dit :

— Je veux bien, ma petite, te conter une histoire ; ta mère a été aujourd'hui bien contente de toi...

— Eh bien ! grand'mère, ce sera ma récompense.

Et moi, reprit le petit blondin, qu'on appelait Jean-Marie, et moi, marraine, je ne pourrai donc pas entendre l'histoire ?

— Si, mon petit filiot, tu peux venir, et Denis aussi ; quand vous êtes sages, je suis bien heureuse de vous faire plaisir. Asseyez-vous donc autour de moi.

Les enfants s'arrangèrent le plus commodément possible autour de la grand'mère.

— Mes enfants, leur dit-elle, ce n'est point un conte que je vous dirai aujourd'hui ; c'est toute une histoire : c'est la vie d'un pauvre chien.

—Ah ! marraine, est-ce l'histoire de Sultan, de ce bon vieux chien qui se roulait avec nous sur l'herbe ?

— Précisément ; et vous verrez qu'en fait de fidélité, d'attachement, d'intelligence, on peut le citer comme un exemple bien rare parmi nos semblables. Sultan a subi bien des malheurs ; né

dans une condition opulente, il est peu
à peu tombé dans la misère par l'ingratitude de ses différents maîtres. Cependant il est resté constamment bon et
doux.

— Oh ! c'est vrai, reprit Denis, l'aîné
des deux enfants, Je me souviens qu'il
se prêtait à tous nos caprices ; Jean-
Marie lui montait sur le dos, Laurence
lui tirait la queue ou les oreilles : jamais il ne se fâchait ; il se gardait même de gronder, pour ne pas les effrayer
avec sa grosse voix.

— Et même, reprit la grand'mère,
s'il eût voulu vous échapper, cela lui
eût été facile ; mais il sentait bien qu'il
servait d'amusement ; il préférait souffrir
que de vous causer du chagrin.

— Ah ! le bon chien ! dit Laurence ;
je me le rappelle. Dis-nous bien vite son
histoire.

— Allons, écoutez ; je commence.

Sultan, comme je vous l'ai déjà dit, mes enfants, est né dans un riche hôtel. Son père et sa mère appartenaient à un comte du faubourg Saint-Germain, et ses premiers jours furent heureux. Couché dans une belle niche garnie de coussins, le petit chien passait ses journées à manger et à dormir. Quand il put marcher et se nourrir seul, le comte le donna à un de ses amis qui le lui avait demandé depuis longtemps.

Dans sa nouvelle demeure, Sultan fut choyé, caressé par tout le monde. C'est qu'aussi il était bien joli le petit chien : il avait, s'il vous en souvient, une belle robe blanche semée de taches noires, de longs poils soyeux, et une tête noire pleine d'intelligence.

—De quelle race était-il, grand'mère? demanda Denis.

— Mon ami, je crois avoir entendu
dire qu'il était de la race des chiens des
Pyrénées ; mais je n'en sais trop rien. Je
continue.

Sultan devint grand et fort, et s'il
n'était plus caressé par tout le monde,
comme lorsqu'il était tout petit et qu'il
se roulait comme une boule à vos pieds,
il en était plus chéri de son maître, car
il montrait déjà une intelligence extraordinaire. Aussi ne le quittait-il jamais. Le jour il le suivait partout, et
lorsque son maître se disposait à sortir,
il courait chercher son chapeau et ses
gants ; puis, rentré de la promenade, le
maître voyait bientôt Sultan apporter
ses pantoufles. C'étaient là des soins que
personne n'avait appris à cette bonne
bête, et que son instinct le portait à rendre à son maître. La nuit il se couchait
en travers de la porte qui conduisait à

la chambre à coucher, et nul n'aurait osé approcher, tant Sultan faisait bonne garde. Puis, quand neuf heures sonnaient le lendemain, le chien grattait à la porte, aboyait doucement pour réveiller son maître ; après cela il courait à la cuisine chercher le déjeuner, qu'il rapportait toujours dans un petit panier. Tantôt c'était du chocolat, tantôt du café ; jamais Sultan n'en perdit une goutte. Il arrivait, déposait son panier à terre, et courait caresser son maître qu'il n'avait pas vu depuis la veille.

Pendant la matinée, M. de Pamiers s'amusait à lui apprendre plusieurs tours. Ainsi Sultan faisait sur ses pattes de derrière le tour de la chambre, portant un bâton ou un petit balai dans ses pattes de devant. Plus tard il lui apprit à tenir une assiette, et le chien n'avait permission de manger la friandise qu'elle contenait que lorsqu'il l'avait portée quelques pas sans la casser.

Sultan faisait aussi très bien les commissions de son maître ; portant à son cou un petit sachet contenant les lettres, il partait sur un signe, et après avoir reçu ses instructions.

— Sultan, lui dit un jour M. de Pamiers, voici trois lettres dans ton sac : la première, tu la remettras à madame de Verneuil ; la seconde est pour mon ami Roussel : il y a une réponse, tu l'attendras ; la troisième est pour mon tailleur. En avant, et ne t'amuse pas en route.

Le chien partit, et fit sans se tromper les trois commissions. A la seconde, lorsqu'il eut remis la lettre, il se posta devant la personne à qui elle était adressée, et sembla attendre ; il ne s'en retourna que lorsque M. Roussel eut remis une réponse dans le sachet.

Souvent M. de Pamiers, qui était un ancien soldat, fumait après dîner dans une longue pipe, après l'avoir remplic de tabac. Un beau soir il appela Sultan, et lui demanda de lui allumer son tabac ; et en même temps il lui montrait le feu qui flambait dans la cheminée.

Sultan, à cet ordre de son maître, s'élance aussitôt sur le foyer ; mais la fiamme le brûle, il recule ; cependant il essaie une seconde fois, mais sans succès encore, comme vous le pensez bien. Il aboie contre cette chaleur qui le grille, il trépigne d'impatience ; puis il se calme et semble réfléchir.

— Allons, voyons donc ce feu ? s'écrie le maître.

Le chien alors le regarde, va sous le bureau, y prend un papier, l'approche du feu, et le présente à son maître en remuant sa queue en signe de joie.

— Oh! qu'il était intelligent, ce pauvre Sultan! s'écria Laurence.

— Oui, dit la grand'mère; mais il était surtout fidèle. Je vais vous en citer un trait.

M. de Pamiers partit un jour pour un long voyage; il allait de Paris à Lyon; mais ne voulant pas s'embarrasser de son chien, il recommanda à un domestique d'en avoir bien soin, et de le tenir toujours attaché. Sultan savait fort bien que lorsqu'on l'enchainait c'était que son maître ne voulait pas l'emmener avec lui; aussi se cacha-t-il pour éviter d'être attaché. Le maître partit en voiture avec ses bagages, et pendant le transport on oublia Sultan. Ce pauvre chien sortit alors dans la rue, et suivit de loin le fiacre qui conduisait M. de

Pamiers à la messagerie. Là il monta dans la diligence sans s'apercevoir que Sultan l'avait suivi. Quand la voiture se mit en route, le chien partit aussi, laissant cependant un intervalle entre elle, et lui pour ne pas être aperçu, mais pas assez grand pour perdre de vue cette voiture qui emportait son maître. Pendant toute la journée on marcha, et Sultan suivit. Le soir, on dîna à Fontainebleau, et le chien entra dans les cuisines, flattant l'un, caressant l'autre, si bien qu'il fît un excellent dîner. Un petit marmiton surtout lui donna un reste de ragoût que Sultan dévora; puis il se coucha en attendant l'heure du départ. Mais il était si fatigué qu'il n'entendit pas repartir la diligence, et lorsqu'il se réveilla elle était déjà bien loin. Alors il voulut sortir; mais la porte était fermée, et il eut beau aboyer, personne ne

vint lui ouvrir Il faisait nuit. Sultan
n'hésita pas, il s'élança contre la fenêtre,
cassa avec sa tête un des carreaux, et
bientôt il fut dans la rue. Là il passa
quelques instants à s'orienter, puis il
prit sa course exactement du côté par
où était partie la voiture. Il marcha
deux jours entiers, ne s'arrêtant que
pour manger, ne prenant presque plus
le temps de se reposer. Enfin il arriva à
Chalon-sur-Saône au moment où le bateau à vapeur allait partir. M. de Pamiers
était sur le pont du bateau ; Sultan l'a-
perçut, et se mit à aboyer ; mais se re-
tenant tout-à-coup de peur d'être re-
connu, il se glissa doucement derrière
de nouveaux arrivants, et alla bien vite
se cacher dans un des endroits les plus
obscurs. Arrivé à Lyon, M. de Pamiers
fit porter ses bagages à un hôtel ; Sultan
les suivit et s'installa auprès d'eux dans
la salle des voyageurs.                    2

Quand M. de Pamiers arriva, il demanda ses bagages.

— Monsieur, lui répondit le maître-d'hôtel, ce sont sans doute ceux que garde un chien ?

— Non, reprit M. de Pamiers, je n'ai pas de chien ; ou plutôt j'en ai un, mais je l'ai laissé à Paris.

— Eh bien ! que Monsieur voie dans la salle quels sont ceux qui lui appartiennent.

M. de Pamiers entra, et quelle fut sa surprise de voir Sultan, qu'il avait laissé à Paris, installé sur sa malle à Lyon.

Sultan vint la tête basse vers son maître, semblant implorer son pardon.

M. de Pamiers fut si émerveillé de cette fidélité, qu'il fit mille caresses à son chien.

— Mais, grand'mère, comment a-t-on pu savoir ce qu'avait fait Sultan pendant le voyage? bien sûr, ce n'est pas lui qui l'a raconté?

— Que t'es bête, Jean-Marie! dit Denis; est-ce que les chiens savent parler?

— Aussi n'est-ce pas lui qui l'a dit, reprit la grand'mère; mais M. de Pamiers voulut savoir comment il avait fait pour se nourrir, et les voyageurs de la rotonde lui racontèrent qu'ils l'avaient vu suivre la voiture jusqu'à Fontainebleau; ensuite il pensa qu'il avait suivi la route, et qu'il était monté sur le bateau, puisqu'il était arrivé en même temps que lui. Sultan, après ce trait, devint plus cher à son maître, qui le garda deux ans encore avec lui. Mais il fut envoyé en mission à l'étranger, et comme son voyage devait durer, il le donna avant de partir à un de ses amis.

Pour éviter cette fois que Sultan suivît M. de Pamiers, son nouveau maître l'enferma pendant quelques jours dans sa maison ; et le chien, qui ne vit plus M. de Pamiers, fut bien triste pendant quelques jours, mais il l'oublia peu à peu aux caresses qu'on lui fit. Cela ne dura pas. M. Deschamps, c'est le nom du nouveau maître de Sultan, était un pauvre sculpteur qui n'avait pas grand talent, ni par conséquent grand travail à faire : aussi passait-il sa vie à apprendre mille tours à son chien. Il le faisait sauter à travers un cercle, il le faisait chanter, et c'était la scène la plus comique ; car le chien, gravement assis sur ses pattes de derrière, celles de devant appuyées sur une chaise, les yeux fixés sur un cahier de musique, poussait des cris affreux à chaque signe de son maître qui battait la mesure. Ces aboiements, séparés par des intervalles, amusaient tout le monde, et quand il avait fini, chacun le fêtait à l'envi. M. Deschamps aimait beaucoup son chien, qui lui sauva la vie. Il revenait un soir, suivi de Sultan, de chez un de ses amis, lorsque dans une rue sombre et déserte il fut assailli par trois voleurs. M. Deschamps, armé de sa canne, se défendit vaillamment contre deux d'entre eux ; mais il allait être frappé par derrière, lorsque Sultan, sautant à la gorge du voleur, lui entra ses dents dans la figure si fort que ce fut à grand'peine qu'on put lui faire lâcher prise. Une patrouille survint, les voleurs se sauvèrent, et M. Deschamps rentra chez lui portant son chien, qui avait reçu deux coups de poignard. Le pauvre Sultan était bien malade, et M. Deschamps pensa qu'il ne pouvait en revenir. Le lendemain il fit appeler un petit commissionnaire, et lui ordonna d'emporter Sultan et d'aller le noyer.

— Oh ! le méchant ! s'écria Laurence les larmes aux yeux.

— Dis plutôt l'ingrat, ma petite-fille ; car le chien lui avait sauvé la vie, et lui il ne songeait pas à conserver celle du pauvre Sultan.

Quand on l'emporta dans un panier, il souleva sa tête et regarda son maître avec des yeux si doux, si doux, qu'ils eussent attendri tout autre que ce mauvais maître. Son regard suppliant semblait dire : « Ne me renvoyez pas. »

Le petit commissionnaire emporta le chien dans sa chambre, pansa ses blessures avec du vin chaud, lui en versa quelques gouttes dans la gueule, puis il le coucha bien doucement sur un peu de paille et le couvrit d'une vieille veste qu'il avait. En huit jours le chien fut rétabli. Ah ! si vous aviez vu, mes enfants, avec quelle joie la pauvre bête sautait après Nicolas, comme il lui faisait fête, comme il aboyait joyeusement ! Nicolas voulut le ramener à M. Deschamps ; Sultan le suivit ; mais lorsqu'il arriva près de la maison de son ancien maître, il la reconnut et ne voulut pas aller plus loin : il avait compris combien il avait été ingrat envers lui. Vainement Nicolas l'appela : le chien s'enfuit, et retourna à la chambre. Alors le commissionnaire alla chez M. Deschamps, et lui raconta ce qui était arrivé.

— Le chien est bien guéri, Monsieur, lui dit-il ; mais il ne veut plus revenir à cette heure.

— Ah diable ! dit M. Deschamps ; et pourquoi ?

— Mais, reprit Nicolas, sans doute parce que vous n'avez pas voulu qu'il demeure avec vous, et qu'il vous garde rancune.

Et le petit garçon se mit à rire.

— Ne ris pas, dit à son tour M. Deschamps ; ce que tu dis là peut être très vrai ; car enfin, ce pauvre chien, je l'ai renvoyé un peu brusquement, et en oubliant le service que j'en avais reçu. Mais tu l'as, garde-le, mon ami, il pourra te rendre de grands services. Il a des petits talents que tu utiliseras si tu veux.

Et il lui conta tout ce que Sultan savait faire.

Nicolas revenait à sa chambre en réfléchissant.

— Tiens, disait-il, le métier de commissionnaire est bien dur, et je ne suis pas encore bien fort ; j'aurais bien envie de changer de condition. Avec Sultan je courrai Paris, et je lui ferai faire ses exercices; je suis sûr que je ferai de bonnes journées. Allons, c'est dit; je commencerai demain.

Il rentra chez lui, et il trouva Sultan qui l'attendait sur la porte. Le bon chien lui fit mille caresses. Nicolas essaya de lui faire répéter ce qu'il savait, et il fut stupéfait de son adresse.

Le lendemain donc il acheta un tambourin, et il s'en alla dans les cours des maisons pour y faire danser Sultan; puis il le faisait sauter, pirouetter, et les sous pleuvaient de toutes les fenêtres. Ce premier jour-là, Nicolas gagna six francs. Le dimanche vint, et le chien et le maître allèrent s'installer aux Champs-Elysées; Nicolas battit du tambourin, et bientôt un cercle de badauds l'entoura.

— Messieurs et mesdames, je vais vous montrer les exercices surprenants du chien que voici. Jamais vous n'avez vu le pareil : il sait tout, il danse comme les meilleurs danseurs, il chante comme à l'Opéra, il devine les pensées les plus secrètes. Je commence, messieurs, et n'oubliez pas le petit Auvergnat et son chien ; c'est à votre générosité.

La séance commença. Sultan fit l'exercice avec un petit fusil de bois qu'avait fabriqué Nicolas ; puis il fit des sauts merveilleux, et fit le malade : cette scène amusa beaucoup. En effet, lorsque son maître voulut le faire travailler, il feignit de ne pouvoir ni marcher, ni même se tenir debout ; il traînait une de ses pattes, puis l'autre ; enfin Nicolas lui montra un morceau de sucre, et Sultan oublia sa feinte maladie pour sauter après.

On passa à l'exercice des qualités et défauts.

— Voyons, Sultan, dites-nous quel est le plus aimable de la société?

Sultan fit le tour, et s'arrêta devant un soldat qui sourit de plaisir, en retroussant sa moustache.

— Très bien, Sultan. Maintenant quel est le plus voleur?

Le chien courut de suite devant une cuisinière qui devint rouge jusqu'aux yeux, en disant :

— Fi ! le vilain chien !

Et tout le monde riait.

— Très bien, Sultan. Maintenant, la personne la plus jolie?

Sultan alla se placer devant une jolie petite demoiselle qui le regardait avec sa mère ; il remuait sa queue, et la petite fille lui donna une caresse.

— Enfin, voyons quel est le plus gourmand?

Sans hésiter, le chien courut devant

un gros joufflu qui croquait à belles
dents un morceau de pain d'épices.
Dans sa colère, le petit garçon, oubliant
ce qu'il tenait à la main, le lança à Sultan, qui se mit à le manger. Le petit
garçon poussa des cris affreux, en de-
mandant son gâteau.

Pour terminer la séance, Sultan fit le
tour du cercle sur ses pattes de derrière,
et tenant entre celles de devant le tambourin de son maître, dans lequel chacun déposa son offrande. La recette fut
bonne, car tout le monde était content.
Le père même du petit gourmand donna
six sous pour la bonne leçon que cela
avait donnée à son fils. Quand Nicolas
rentra, il avait gagné quinze francs.
Cela dura ainsi plus de six mois; puis
l'ambition le gagna. Il acheta d'autres
chiens qu'il résolut d'instruïre à l'imita-
tion de Sultan. Puis il prit un associé

qui fut chargé d'aller faire travailler
Sultan pendant qu'il apprendrait aux
trois autres tous les tours du premier.
L'associé, qui s'appelait André, fit pendant quelques jours de bonnes recettes;
puis elles diminuèrent; et quand Nicolas
lui en demanda la raison, il lui dit :

— Ton chien ne veut plus rien faire;
quand il faut travailler il se couche, et
je ne peux pas en venir à bout.

— Allons donc, c'est pas possible! reprit Nicolas; tiens, vois plutôt... Sultan,
ici !... tenez-vous debout.

Le chien était accouru et avait obéi
sans se faire prier.

— Tu vois bien, dit encore Nicolas.
Allons, maintenant, essaye.

André appela Sultan d'une voix brus-
que, et le chien obéit à regret.

— Allons, saute !... Sultan hésita.

Saute donc!... et il le menaça. Le chien se coucha.

— Tiens, que te disais-je? reprit André; il ne veut rien faire.

— Eh bien! moi, je devine, dit Nicolas : tu l'as battu.

— C'est pas vrai! s'écria André.

— Tu l'as battu, te dis-je; je le vois bien, Sultan a peur. Tu n'en feras rien comme cela, et si ça t'arrive encore, moi je te le rendrai. Je ne veux pas que tu battes mon chien, entends-tu bien? Tu as beau grommeler, je ne le veux pas; et si tu n'es pas content, tu peux t'en aller.

André se retira furieux, et en faisant le poing à Sultan. Le lendemain, en sortant, et lorsqu'il pensa que Nicolas ne pouvait plus le voir, il donna tant de coups à ce pauvre chien, qu'un passant fut obligé de l'arrêter.

— Brutal, que t'a-t-il fait ce chien?

— Il n'est pas à vous, reprit André ; est-ce que cela vous regarde ?

— Eh bien ! en voilà assez, mauvais sujet ; laisse-le tranquille.

André s'éloigna. Aux Champs-Elysées, la foule qui connaissait Sultan entoura bien vite le petit bateleur ; mais au moment de commencer, et lorsque André l'eut déchaîné, il prit sa course, sauta par-dessus les spectateurs, et s'enfuit à toutes jambes. André lui courut bien après, mais il ne put l'atteindre, et bientôt même il le perdit de vue. Le soir, André rentra espérant le retrouver au logis ; mais Sultan n'était pas rentré ; et quand Nicolas apprit qu'il était perdu, il donna à André une paire de soufflets, en refusant de partager les bénéfices, car il avait perdu leur gagne-pain.

Sultan avait couru toute la journée pour fuir ce méchant enfant qui le battait. Le soir, il se trouva dans un des plus pauvres faubourgs de Paris. Il était tristement couché sur la dalle lorsqu'un enfant vint à passer. Il appela le chien, le caressa, et lui dit de le suivre. Sultan hésitait ; cependant il marcha derrière l'enfant, qui s'arrêta chez un boulanger, y acheta un énorme pain rond, ensuite ils montèrent ensemble dans une maison noire, enfumée, et au quatrième ils entrèrent dans une chambre à peine éclairée par une chandelle. Un ouvrier travaillait sur un établi : c'était un brunisseur.

— Père, vois donc le beau chien que j'ai trouvé !

— Eh bien ! que veux-tu en faire ? dit le père ; qu'avons-nous besoin d'un chien ? ne sommes-nous pas déjà assez malheureux? garde-le cette nuit si tu veux, mais demain il faudra le renvoyer.

— Oh! mon bon petit père, ne le renvoie pas, je partagerai avec lui tous mes repas; de cette manière, ça ne te coûtera rien. Je t'en prie!

— Allons, j'y consens, d'autant plus qu'il a l'air bien intelligent.

Et Sultan fut installé dans la maison; et comme il avait encore au cou le collier de M. de Pamiers, ils surent qu'il s'appelait Sultan. Le pauvre chien était bien déchu depuis ce temps où il était né et qu'il dormait sur un coussin de velours. Il avait vécu dans la maison d'un riche, et il était tombé dans la mansarde d'un pauvre homme. Les braves gens partagèrent leur pain avec lui; mais un jour l'enfant tomba malade, et le père redoubla de travail pour fournir des remèdes à son fils. Enfin un jour le pain manqua ; l'ouvrier ouvrit la porte à son chien, en lui disant :

— Va chercher ta vie dehors, il n'y a plus de pain ici.

Le chien sortit ; mais un quart d'heure à peine s'était écoulé lorsque l'ouvrier entendit gratter à la porte. Il alla ouvrir, et il vit entrer Sultan portant en triomphe un pâté dans sa gueule. Il le porta sur le lit du pauvre enfant.

— Ah ! le maudit chien ! dit l'ouvrier, il a sans doute volé cela, et si l'on vient à savoir qu'il nous appartient, on pourra croire que nous l'avons dressé à cela.

— Non, on ne le croira pas, reprit un pâtissier qui entrait en ce moment, et qui avait entendu les dernières paroles de l'ouvrier ; on ne le croira pas, car on sait que vous êtes un brave homme ; mais votre chien a pris cela à la devanture de ma boutique, et si lestement

que, sans un passant qui l'a vu, je ne
me serais aperçu de rien ; je l'ai suivi,
il est entré ici. Comment se fait-il qu'il
ait pris cela?

— Ah ! Monsieur, c'est qu'il n'a pas
déjeuné, reprit l'ouvrier.

— Mais il ne l'a pas pris pour lui,
puisqu'il vous l'a apporté. Il y a quelque
chose là-dessous.

— C'est que... dit l'ouvrier honteux,
nous n'avons pas déjeuné non plus.

— Et pourquoi cela?

L'ouvrier ne répondit pas.

L'enfant répondit pour lui :

— C'est qu'il n'y a plus de pain ici ;
papa a tout dépensé pour ma maladie,
et il n'y a plus rien.

— Pauvres gens ! dit le pâtissier. Eh
bien ! votre chien ne m'aura pas volé
sans que ça vous profite ; gardez ce pâté ;
je vais vous envoyer du bouillon pour le

petit et un peu de volaille; je vous en donnerai tous les jours autant, et vous me payerez quand vous serez riches.

— Ah! que vous êtes bon, Monsieur! reprit l'ouvrier; vous nous sauvez la vie!

— Non, non, c'est à votre chien que vous devez tout cela; et puisqu'il sait si bien voler, il doit savoir apporter. Ce sera lui qui sera votre commissionnaire. Adieu, braves gens.

Le bon pâtissier s'en alla emmenant le chien, qui apporta bientôt après un petit panier contenant une boîte de bouillon, un demi-poulet, un petit pain, et une bouteille de bon vin. Dans un coin il y avait des os dans un papier pour Sultan. Cela dura ainsi un mois environ; puis l'ouvrier se remit au travail, et put payer son généreux bienfaiteur.

Quelques années après, le choléra,

cette terrible maladie, sévissait dans Paris ; le faubourg Saint-Marceau fut un des premiers atteints, et dans la maison qu'habitait le brave ouvrier presque tous furent frappés par le fléau. L'ouvrier et son enfant furent atteints aussi et moururent. Lorsque le commissaire vint constater la mort, il trouva Sultan assis au pied du lit et qui poussait de petits gémissements. Le corbillard des pauvres vint le lendemain enlever ces deux malheureux pour les conduire à leur dernière demeure; le chien seul les suivit. Lorsque la terre les eut recouverts, la pauvre bête se coucha sur l'herbe à côté, et ne cessa de gémir. Il y resta trois jours et trois nuits sans prendre de nourriture, il allait mourir aussi de douleur, lorsque votre père passant par le cimetière de Mont-Parnasse, où il avait porté des fleurs, aperçut le pauvre Sultan. Il le prit dans ses bras, le chien se laissa emporter. Il le plaça délicatement sur la paille de sa charrette, et le rapporta ici. En quelques jours il fut en état de marcher; puis peu à peu il reprit sa gaîté. Il jouait avec toi, ma petite Laurence; il te portait sur son dos, mon petit Jean. Il est mort de vieillesse, il y a trois ans environ; il avait vécu sept ans chez nous.

Le père, qui avait depuis longtemps fini sa lecture, et qui écoutait, prit à son tour la parole, et dit à ses enfants :

— C'était une bonne bête, et que tout le monde aimait, parce qu'il était bon. L'histoire de ce chien doit vous être utile, car elle vous retrace de nobles exemples de courage, de dévouement, de bonté, et je pense bien que vous ne voudrez pas qu'on puisse dire que vous êtes moins sages qu'un pauvre chien.

# CHARLES ET PIERROT.

Une pauvre femme, nommée Geneviève, étant morte dans la plus grande misère, avait laissé deux enfants trop jeunes pour sentir tout leur malheur. Charles, l'aîné, avait cinq ans, et Pierrot tout au plus trois. Les voisins en eurent pitié; on les arracha d'auprès du corps de leur mère, et chacun s'occupa de ce qu'on en pourrait faire. M. Mathieu, très riche fermier du voisinage, proposa de se charger de Charles, parce qu'il pouvait déjà en tirer quelque petit service ; mais personne ne demandait Pierrot. Une bonne veuve, nommée Marguerite, en eut pitié. « Ce pauvre petit a besoin d'être soigné, dit-elle ; je partagerai mon pain avec lui ; il sera mon fils, puisque Dieu m'a enlevé les miens. »

Les deux enfants furent aussitôt emmenés par ceux qui venaient de les adopter : Pierrot alla partager la pauvre chaumière de Marguerite, et Charles, après avoir embrassé son frère en pleurant, partit avec monsieur Mathieu pour la ferme qu'il occupait, à peu près à une lieue du village.

La fermière, madame Mathieu, lui fit, dès qu'elle l'aperçut, un fort long sermon, dans lequel elle répéta plusieurs fois qu'il n'était qu'un orphelin, un pauvre, trop heureux qu'on voulût bien lui donner du pain ; elle ajouta que le moindre sujet de mécontentement le ferait chasser, et qu'il n'aurait alors d'autre ressource que de mendier sur les chemins. Louison, sa petite fille, l'interrompit pour demander à goûter ; madame Mathieu ouvrit une grande huche, et coupa du pain pour sa fille. Charles, qui n'avait rien pris de la journée, lui demanda si elle voulait bien lui en donner aussi.

— Vraiment, crois-tu être nourri comme mon enfant ? dit-elle en prenant un autre pain très noir, dont elle lui jeta un morceau ; et Charles la remercia autant que si elle l'eût servi de la meilleure grâce du monde.

Sur le soir, les laboureurs rentrèrent, et tous s'assirent autour de la table, où l'on servit le souper. Charles se plaça sur le bout d'un banc, d'où madame Mathieu lui ordonna de se retirer.

La prompte obéissance de l'enfant ne l'empêcha point de gronder longtemps du ton le plus dur et le plus menaçant ; enfin elle lui donna de la soupe dans une petite écuelle de bois, et le pauvre Charles se retourna pour cacher ses larmes ; le soir, on le conduisit dans l'étable, où son maître lui donna une botte de paille pour lit.

La bonne Geneviève était bien pauvre ; mais elle chérissait ses enfants, et les traitait avec autant de douceur que madame Mathieu en avait peu. La comparaison était cruelle ; Charles la fit, et passa presque toute la nuit à pleurer. La fatigue venait à peine de fermer ses yeux, lorsque sa maîtresse le tira par les oreilles, en lui reprochant sa paresse ; il n'osa même s'excuser, se leva promptement, et, après une courte prière, fit avec exactitude tout ce qu'on lui commanda.

Il serait trop long de vous raconter tout ce que la mauvaise humeur de cette fermière fit souffrir au pauvre enfant; son obéissance et sa soumission ne pouvaient lui éviter les scènes les plus terribles et les châtiments les plus rigoureux. Monsieur Mathieu était moins méchant que sa femme; mais elle le dominait au point qu'il n'osait jamais prendre le parti de ses domestiques, et se joignait souvent à elle pour les maltraiter, afin de n'être pas grondé lui-même. Louison était douce et gentille, idolâtrée de sa mère, gâtée par son père; elle employait sans cesse son crédit en faveur des ouvriers ou des domestiques, mais sans pouvoir empêcher qu'ils ne fussent souvent chassés, ou qu'ils ne

s'en allassent d'eux-mêmes. La petite
fille protégeait surtout Charles, qui était
du même âge qu'elle; souvent elle lui
donnait, en cachette, des noix et des
pommes, et recevait en échange des
fraises sauvages, des noisettes, des petits bouquets, ou des mûres de haies.

Pendant que Charles était si maltraité
et toujours si soumis, son frère avait
une conduite et un sort bien différents.
La bonne Marguerite semblait n'exister
que pour lui, ses soins l'emportaient sur
ceux de la plus tendre mère. Contente
de travailler avec assiduité, et de se re-
fuser les choses les plus nécessaires
pour donner à Pierrot tout ce qu'il dé-
sirait, elle ne songeait qu'à le rendre
heureux, à prévenir ses besoins et même
ses fantaisies autant qu'elle le pouvait.
Tant d'attention et de faiblesse persua-
dèrent bientôt au petit orphelin qu'il

était un être intéressant, et que toute
cette tendresse et ces soins lui étaient
dus. Il s'habitua à regarder sa bienfaitrice comme son obligée, et prit l'habi-
tude de lui parler avec insolence ; la
bonne veuve ne se rebuta point ; le mal
augmenta, et lorsqu'elle voulut se permettre quelques représentations, elles
furent très mal prises.

Il y avait déjà huit ans que Geneviève
était morte, lorsque le bail de monsieur
Mathieu expira. Il quitta sa ferme pour
aller faire valoir un très beau bien qu'il
possédait à dix lieues de là. Charles, qui
avait alors seize ans, demanda la permission d'aller pour la dernière fois à
son village. Elle lui fut accordée avec
quelque peine, et l'heure de son retour
fut fixée ; il vit son frère, et reconnut fa-
cilement la différence de leurs positions.
Sans se permettre la moindre plainte sur

ceux qu'il appelait ses bienfaiteurs, il
essaya de faire connaître à Pierrot combien son sort était heureux, et combien
il devait de reconnaissance et de tendresse à Marguerite; il eut le chagrin
de quitter son frère sans avoir rien gagné sur son esprit. Avant de sortir du
village, Charles courut à la pauvre chaumière où il avait passé ses premières,
ses plus heureuses années, auprès d'une
mère qu'il regrettait toujours. La porte
de la cabane était fermée. Charles regarda au travers de la vitre ; rien ne
lui parut changé : il vit le grabat sur
lequel Geneviève était expirée, et ses
larmes l'empêchèrent bientôt de distin-
guer les objets ; il sentit aussitôt le désir de rendre une dernière visite à la
tombe de cette tendre mère. Il courut
au cimetière, crut reconnaître l'endroit
où il avait vu déposer son corps, et s'y

prosterna. Le souvenir de l'indulgence et de la tendresse de Geneviève, comparées à la dureté de madame Mathieu, fit faire de bien tristes réflexions au pauvre enfant ; il baisa plusieurs fois la terre qui couvrait sa mère, et se levant avec regret, il quitta tristement le village.

Il marchait avec toute la promptitude possible, afin d'arriver à l'heure précise ; malheureusement il l'avait laissée écouler, car les plaintes et les larmes sincères ne s'arrêtent point à commandement. L'heure où l'on menait boire les bestiaux était passée ; monsieur Mathieu avait été obligé de les conduire lui-même ; il rentrait lorsqu'il vit accourir Charles à qui, dans sa mauvaise humeur, il donna de violents coups du même fouet avec lequel il conduisait ses bœufs ; l'enfant ne se plaignit point, mais demanda pardon.

Deux jours après, toute la famille quitta la ferme ; madame Mathieu monta avec sa fille dans un grand chariot rempli de leurs effets, que le maître conduisit, et Charles eut la permission de s'asseoir derrière la charrette. Etant partis avant le jour, ils enfilèrent un très grand bois qui était peu éloigné de la ferme ; la route était mauvaise, il fallait gravir une montée très rude. Un coup de fouet de monsieur Mathieu, suivi d'un éclat de rire de sa femme, avertit Charles de descendre, pour soulager les chevaux ; habitué à la plus prompte obéissance, l'enfant mit pied à terre, et laissa assez loin derrière lui la voiture qui montait au très petit pas.

Un homme, sorti subitement du fossé qui bordait le chemin, causa d'abord une grande frayeur au pauvre enfant ; mais elle redoubla lorsqu'il entendit plusieurs voix sous le taillis ; l'homme qui avait paru si près de Charles, heureusement sans le voir, s'enfonça dans le bois, pour dire à ses compagnons que la voiture était déjà sur la montagne, et qu'il fallait se tenir prêts. Courage, courage, dit un autre, notre fortune est faite, car Mathieu est bien riche.

A ces paroles, les cheveux de Charles se dressèrent sur sa tête ; un tremblement affreux le saisit ; il n'avait qu'un instant pour en donner avis ; il court, atteint la voiture, et, sans réflexion, saisit la bride du premier cheval, en répétant d'une voix étouffée : « Arrêtez, mon maître, arrêtez! » Le brutal Mathieu lui répond avec un violent coup de bâton, en disant qu'il n'aime point les maniaques, et qu'il lui conseille de lâcher promptement le cheval, s'il ne veut pas être plus maltraité. « Frappezmoi si vous le voulez ; mais laissez-moi vous sauver, dit le jeune enfant en se jetant à ses pieds. » Le fermier, surpris, apprit le danger qui le menaçait. « Ils sont trop nombreux pour que vous puissiez leur résister, répétait Charles, ne perdez pas un instant, retournez à la ferme. » L'avis fut suivi, les chevaux mis au grand trot, et la famille de Mathieu sauvée du plus terrible danger qu'elle eût jamais couru.

Le voyage fut remis à quelques jours ; plusieurs personnes du village accompagnèrent la voiture jusqu'à la sortie du bois ; on ne marcha plus qu'au grand jour, et monsieur Mathieu installa heureusement sa famille dans sa nouvelle habitation. — Ce fut alors que, pour la première fois, il parut s'apercevoir du zèle et de la bonne conduite de Charles ; l'enfant se donnait des peines incroyables pour l'emménagement ; il cherchait à procurer à sa maîtresse les commodités qui manquent toujours dans ces premiers moments : il se chargeait de la besogne de Louison, sans négliger la sienne ; enfin son activité fut louée ; monsieur Mathieu le regarda d'un air satisfait, et lui frappa sur l'épaule, en lui disant : « Charles, nous te devons la » vie, tu ne me quitteras jamais. » Il serait difficile de peindre l'impression que ce peu de mots produisit sur le cœur du jeune orphelin ; les traitements les plus durs et les moins mérités n'avaient pu diminuer sa reconnaissance, aigrir son humeur ; le premier mot amical qui lui eût été adressé depuis huit ans remplit son âme de joie. Un zèle tout nouveau parut dans ses actions, car l'encouragement a sur les âmes bien plus d'effet que les menaces et les punitions.

En peu d'années, Charles acquit une force extraordinaire; il était grand et d'une figure agréable; son intelligence avait fait des progrès encore plus rapides; il avait étudié la nature des terrains, réfléchi sur le genre de culture qui convenait à chacun; les maladies des bestiaux lui étaient connues; il employait ses soins à les prévenir, ou ses connaissances à les guérir : instruit de la propriété des simples, il avait une infinité de recettes utiles à la santé ou au ménage. La réputation de ses talents se répandit. Une épizootie désastreuse ayant attaqué les troupeaux du pays, ceux de monsieur Mathieu en furent seuls préservés, et leur salut fut généralement attribué aux soins et à la prévoyance du jeune berger. On savait qu'il était traité durement par sa maîtresse, et que son entretien était jusqu'alors l'uni-

que salaire de ses travaux ; un riche
cultivateur voulut se l'attacher : il lui
proposa des gages considérables ; il alla
jusqu'à lui offrir une métairie ; mais
Charles répondit qu'il devait tout à ses
maîtres ; que sa vie entière leur serait
consacrée, ne dût-il jamais en attendre
d'autre récompense que le témoignage
qu'il se rendait intérieurement de n'a-
voir pas manqué à la reconnaissance.

Louison sut par une de ses compagnes
quels avantages Charles venait de sa-
crifier ; elle en instruisit ses parents.
M. Mathieu en fut touché ; sa femme
pensa qu'il était utile à leurs affaires de
conserver un tel sujet. De ce moment
elle changea un peu de conduite envers
lui ; l'intérêt produisit en elle ce que la
gratitude ou même la justice la plus sé-
vère auraient exigé d'un autre.

Charles, mieux traité, ne pouvait devenir plus fidèle, plus diligent, ni plus exact; mais il devint plus aimable : l'expression du bonheur se répandit sur sa physionomie; la gaîté de son âge ne fut plus réprimée par la crainte. Les prévenances, les attentions délicates lui devinrent aussi familières que ses devoirs. Madame Mathieu, celle qui l'avait cruellement persécuté, en était plus ordinairement l'objet; sa santé, extrêmement dérangée, donnait souvent occasion à ces petits soins qu'elle recevait sans grâce; mais Charles se trouvait trop heureux de n'être point repoussé.

La maladie de cette femme ayant pris subitement les caractères les plus effrayants, l'inquiétude se répandit dans toute la maison. Louison en pleurs courut avertir son père qui revenait des champs. Charles était avec lui; il offrit de courir à la ville pour avoir un médecin. C'était l'hiver, et la nuit approchait : le jeune homme part, sans consulter la distance et la rigueur de la saison, sans prendre son repas, sans penser à se vêtir ; c'est pour servir son maître, c'est pour sécher les larmes de sa chère Louison. L'obscurité le trompe, il perd sa route, erre la nuit entière ; ce n'est qu'à la naissance du jour qu'il aperçoit la ville. Il y court, et presse le médecin de le suivre : ses membres étaient engourdis par le froid, la faim le dévorait, mais il ne veut pas s'arrêter un seul instant ; il selle lui-même le cheval du médecin, et l'engage, les larmes aux yeux, à presser son départ. Charles doit servir de guide, il presse son pas pour égaler celui du cheval ; il arrive ; les cris de Louison lui annoncent de loin qu'il est trop tard ; la fatigue, l'épuisement, la douleur de son amie l'accablent au même moment, il tombe sans donner aucun signe de vie.

Louison et son père volèrent à son secours ; le médecin, dont les soins n'étaient plus utiles à madame Mathieu, s'approcha du jeune homme ; quelques gouttes d'un élixir excellent le rappelèrent à la vie. Les cris de Louison frappèrent d'abord les oreilles de Charles ; elle pleurait à la fois sa mère et son ami. Le jeune homme fut languissant et malade pendant plusieurs jours ; mais il ne se plaignit point ; car Louison le soignait, et jamais elle ne l'avait tant aimé : le zèle qu'il avait montré dans cette occasion touchait vivement M. Mathieu ; habitué à se laisser conduire, il abandonna bientôt toute sa confiance à ce fils adoptif qui en était si digne, et bientôt il ne distingua plus Charles de sa fille.

Dès ce moment, le fils de la pauvre
Geneviève se vit maître dans cette maison, où il avait été reçu par charité.
Rien ne semblait plus manquer au bonheur de Charles ; mais la rapidité de sa
fortune n'avait pas éteint en lui les sentiments de la nature : depuis près de
sept ans. il n'avait pas entendu parler
de son frère, et pour la première fois il
pouvait lui être utile. Les informations
qu'il prit lui causèrent un vif chagrin.
Pierrot, par la plus affreuse ingratitude,
avait quitté Marguerite aussitôt qu'il s'é-
tait vu en état de bien gagner sa vie ;
la pauvre veuve était dans la misère, et
personne ne venait à son secours.
Louison voulut que Charles lui portât
quelque argent ; il partit dès le lendemain avec le projet de s'arrêter d'abord à
une fête qui se tenait dans le voisinage,
où il espérait trouver à louer un berger.

Arrivé dans le hameau où se tenait la fête, Charles questionna plusieurs jeunes gens sans en trouver qui lui convinssent ; il allait continuer sa route, lorsqu'un grand garçon, dont les habits annonçaient la plus profonde misère, vint se présenter à lui ; l'expression du malheur altérait ses traits : « Vous voyez combien je suis pauvre, dit-il de la voix la plus touchante ; ayez pitié de moi ; faites les conditions qu'il vous plaira, tout me convient. » Charles s'étonna de voir un homme si jeune, et qui paraissait robuste, dans une position si désespérée. « Qu'avez-vous donc fait jusqu'à présent? demanda-t-il d'un ton très doux. — Hélas! je serais fort embarrassé de vous le dire : j'ai d'abord servi dans une ferme ; depuis, j'ai travaillé aux vignes ; enfin j'ai servi des maçons : rien ne m'a servi. »

Charles, ému et surpris, lui demanda son nom. C'était Pierrot, c'était son frère; il le reconnut et le serra dans ses bras.

La reconnaissance et les remords agitaient à la fois l'âme du malheureux jeune homme; il pleurait, il embrassait son frère, lui demandait son histoire. Charles lui apprit le but de son voyage, et Pierrot voulut l'accompagner pour se jeter aux pieds de sa bienfaitrice et obtenir son pardon. Ils partirent aussitôt, montant alternativement le cheval de M. Mathieu, et arrivèrent le lendemain d'assez bonne heure au village. La honte de Pierrot croissait à mesure qu'il approchait; en apercevant de loin la chaumière de Marguerite, il trembla, et sentit ses forces lui manquer; Charles, voyant son trouble, lui conseilla de demeurer, et s'avança seul. En entrant, son cœur fut navré ; la pauvre veuve était couchée sur une mauvaise paillasse ; sa vue offrait tout ce que la maladie et la misère ont de plus déchirant. Il s'approcha, se fit connaître, et lui présenta l'argent que lui envoyait Louison. « Hélas ! dit la pauvre femme, il n'est plus temps de me secourir ; à peine ai-je quelques jours à vivre ; si jamais vous revoyez votre frère, dites-lui qu'il a causé ma mort. » Charles hasarda, en tremblant, de parler de sa rencontre avec Pierrot, des remords de ce dernier, du désir qu'il avait d'obtenir son pardon. « Il n'est plus temps, répondit Marguerite, il a trop de fois abusé de ma tendresse ; tout ce que je possédais a été dévoré par lui ; après m'avoir réduite à la misère, il m'a quittée, moi qui l'aimais tant ! il demande bien tard son pardon... mais, au nom de Jésus-Christ, je le lui accorde de tout mon cœur. » Pierrot avait suivi son frère, il était à la porte de Marguerite. A ces paroles il jeta un cri affreux, et tomba sans mouvement à quelques pas de la chaumière.

Cette scène attira bientôt la curiosité de tout le village ; le curé fut averti ; c'était un vieillard respectable, que tous ses paroissiens adoraient. Il fit transporter Pierrot dans une maison où son frère le suivit, et se rendit chez Marguerite, qu'il trouva dans la plus cruelle agitation. La pauvre femme avait entendu le cri de celui qu'elle avait tant aimé ; elle savait que la douleur lui avait fait perdre l'usage de ses sens, que son repentir était sincère. Ses torts étaient déjà oubliés. « Je lui pardonne, s'écria-t-elle, dès qu'elle aperçut le curé ; qu'il vienne, il retrouvera ma tendresse. »

Ce prêtre respectable voulut lui-même apporter à Pierrot la nouvelle de sa grâce. A peine avait-il recouvré ses sens ; la pâleur de la mort était encore sur son visage. Il traverse la foule de ceux que la pitié ou la curiosité avait rassemblés ; il arrive à cette chambre qu'il avait habitée si longtemps et dont l'entrée venait de lui être défendue ; il se prosterne aux pieds de Marguerite ; elle l'appelle son fils, lui tend la main ; il l'entend répéter son pardon, et n'ose encore lever les yeux sur celle qu'il a offensée ; il ne trouve pas d'expressions assez fortes pour exprimer sa honte et sa reconnaissance ; les paroles n'auraient pas suffi, c'était par ses actions qu'il devait faire connaître ses véritables sentiments ; il ne quittera plus sa bienfaitrice, et consacrera sa vie à faire oublier ses tors. Charles, obligé de retour-

ner chez son maître, lui promet des secours ; mais Pierrot espère s'en passer.
Il cherche à travailler, et le prix de ses
journées pourvoit aux besoins de sa
mère adoptive ; il passe la nuit auprès
d'elle, et se fait remplacer dans le jour
par quelque voisine ou quelque amie de
Marguerite.

La mauvaise conduite de Pierrot avait
été seule la cause de sa misère ; il était
bon ouvrier, et Dieu protégea son travail. Son adresse et ses attentions pour
celle qui l'avait nourri surpassaient
celles des gardes les plus exercées ; les
dimanches il passait ses journées auprès
d'elle, lui lisait des prières, ou l'amusait
par quelques récits.

Malgré tous ces soins touchants, les
souffrances de Marguerite augmentaient
chaque jour ; enfin elle vit avec résigna-
tion arriver la mort. Pierrot reçut son

dernier soupir : il la vit enterrer près de l'endroit où reposait sa mère, et regretta de n'avoir pu expier mieux sa faute par des soins plus longs.

Il rentrait baigné de larmes, lorsqu'un cheval arrêté à la porte de la chaumière lui annonça une visite de Charles : il venait savoir des nouvelles de Marguerite, et lui apporter de nouveaux bienfaits de la part de la généreuse Louison. Les pleurs de son frère lui apprirent que la bonne veuve n'en avait plus besoin.

Dès le même jour, Charles emmena Pierrot : il employa l'argent qu'il avait reçu de sa maîtresse à le vêtir, et le présenta le lendemain à M. Mathieu et à sa fille, qui le reçurent comme le frère de leur meilleur ami.

FIN.

LIMOGES ET ISLE,
Typ. Eugène Ardant et C. Thibaut.